Einadi Ragazzi

storie & rime

Collana diretta da

Orietta Fatucci

Seconda ristampa, ottobre 2019

Titolo originale: *The Orchard Book of First Greek Myths*
Prima pubblicazione 2003, Orchard Books, Londra, UK

ISBN 978-88-6656-252-8
www.edizioniel.com

SAVIOUR PIROTTA
illustrazioni di
Jan Lewis

Ai piedi dell'OLIMPO

miti GRECI

traduzione di
Milka Ventura Avanzinelli

Einaudi Ragazzi

A Chris Kafetzis
S.P.

Alla mia famiglia
J.L.

Ai piedi dell'OLIMPO

miti GRECI

LO SCRIGNO SEGRETO

Storia di Pandora

Tanto tempo fa, quando il mondo era nuovo nuovo, gli uomini vivevano felici e contenti. Avevano tutti da mangiare in abbondanza e il sole splendeva ogni giorno su campi e frutteti rigogliosi.

C'era un uomo, di nome Epimeteo, che aveva molti amici, ma desiderava tanto una moglie con cui dividere la vita.

Un giorno sentí bussare alla porta. Quando Epimeteo aprí, non poté credere ai suoi occhi: proprio lí, in piedi sulla soglia, c'era la donna piú bella che avesse mai visto.

– Cerchi qualcuno? – domandò, sforzandosi di non fissarla incantato.

– Mi chiamo Pandora, – disse la donna. – Gli Dei mi hanno mandata qui a cercare un uomo di nome Epimeteo.

– Allora stai cercando me, – disse Epimeteo sorridendo. – Ma perché non entri?

Dentro casa Pandora si guardò intorno. Non

poteva impedirsi di essere curiosa. Era una bella casa, ma in un tale disordine! C'era un sacco di lavoro da fare.

Pandora pulí la cucina e lavò i panni sporchi. Poi preparò un pranzo delizioso.

Epimeteo era molto colpito.

– Dove hai imparato a cucinare cosí bene? – domandò.

Pandora sorrise. – Non lo so, – disse, – non riesco a ricordare niente del mio passato. Tutto quel che so è che gli Dei mi hanno mandata qui perché mi prendessi cura di te.

Epimeteo pensò che era un fatto un po' strano, ma come poteva lamentarsi di avere una donna cosí bella che si prendeva cura di lui?

Continuò a gustarsi il delizioso pranzetto che Pandora aveva cucinato.

Mentre lui mangiava, Pandora passò di stanza in stanza e aprí tutti gli armadi, le casse e le cassette.

– Sei una ragazza davvero curiosa, – disse Epimeteo.

– Mi piace sapere dove sta ogni cosa, – disse Pandora.

In cantina trovò molte casse, ma una sembrava diversa dalle altre. Il legno era lucidissimo e il coperchio era legato con una corda.

– Dove hai preso questo scrigno cosí carino? – domandò a Epimeteo.

– È stato mandato dagli Dei, proprio come te, – le disse Epimeteo. – Ma non lo toccare. Mi è stato detto di non aprirlo mai.

Pandora pensò: a che serviva avere uno scrigno che non si poteva aprire? Che poteva mai esserci dentro? Doveva essere qualcosa di molto speciale! Successe allora una cosa strana. Pandora credette di sentire delle voci che provenivano dallo scrigno.

– Pandora, aiutaci, facci uscire! – dicevano. – Facci uscire! – Pandora era sbalordita.

Poi sentí bussare alla porta in cima alle scale. Era il fratello di Epimeteo.

– Vieni a conoscere Pandora, – sentí che diceva Epimeteo. – Mi è stata mandata in dono dagli Dei.

– Un altro dono degli Dei? – disse il fratello. – Stai attento, ho paura che gli Dei stiano cercando di giocarci qualche brutto tiro.

– Ma perché dovrebbero farlo? – domandò Epimeteo. – Come potrebbe Pandora far parte di una punizione? È la cosa piú bella che mi sia mai capitata.

– Forse gli Dei sono arrabbiati con noi, chi lo sa? Forse vogliono vendicarsi di qualcosa che abbiamo fatto, – rispose il fratello.

– Non essere sciocco, – disse Epimeteo. – Sono solo dei piccoli doni. Non preoccuparti.

Ma forse il povero Epimeteo avrebbe fatto bene a preoccuparsi.

Quella notte Pandora era sveglia, a letto, e non riusciva a smettere di pensare allo scrigno.

Le sembrava di sentirle, quelle voci che la chiamavano dalla cantina.

– Pandora, aiutaci! Facci uscire! Facci uscire!

Pandora ricordava quello che Epimeteo le aveva detto, sapeva che lo scrigno non si doveva aprire, ma le voci diventavano sempre piú forti.

– Pandora, Pandora. Liberaci!

Lentamente, in silenzio, Pandora si alzò e si diresse verso la cantina.

«Solo una sbirciatina, – si disse. – Una sbirciatina non farà danno. Poi richiuderò subito lo scrigno: per sempre».

Con grande cautela sciolse la corda e, piano piano, sollevò il coperchio.

Ci fu un gran ridacchiare, dentro lo scrigno; poi il coperchio si rovesciò e migliaia e migliaia di ombre scure sciamarono per la cantina.

Svolazzavano qua e là, ronzando e sibilando.

Il rumore svegliò Epimeteo, che si precipitò per le scale e scese in cantina.

– Oh no! – esclamò, quando vide lo scrigno aperto e le ombre che svolazzavano dappertutto. – Pandora, che hai fatto?

– Qualcosa è uscito, – bisbigliò Pandora. – Non è stata colpa mia. Io ho aperto solo un pochino il coperchio.

Epimeteo si guardò intorno terrorizzato. Le ombre erano sventure mandate dagli Dei per punire le persone delle loro malefatte.

Pandora si sentiva malissimo. Provò a richiudere la cassa, ma non serví a niente. Proprio allora si accorse di una creatura minuscola che era rimasta dentro.

– Chi sei? – domandò Pandora.

– Sono la Speranza, – disse la creaturina. – Mi sono intrufolata nella cassa quando gli Dei non guardavano. Il mio compito è di aiutare a disfare l'opera delle cattive sventure.

Delicatamente Pandora tirò fuori la Speranza e la guardò alzarsi in volo nell'aria.

– Ricordati, – disse voltandosi verso Pandora, – dovunque c'è sofferenza, io sarò là a portare il mio aiuto.

C'è chi dice che la Speranza stia ancora svolazzando per il mondo, per portare aiuto a chi ne ha bisogno.

LE DITA D'ORO

Storia di re Mida

Oro, oro, oro scintillante, luccicante, risplendente. Ogni notte re Mida andava a letto pensando al suo oro. Ne aveva a bizzeffe, tutto chiuso in scrigni e nascosto in luoghi segreti in modo che nessun altro potesse toccarlo.

La figlia del re, una principessina dai neri capelli lucenti, era felice che suo padre avesse tanto oro. Solo avrebbe desiderato che non dovesse contarlo proprio tutti i giorni; cosí avrebbe avuto un po' di tempo per stare con lei.

Un giorno la principessina disturbò re Mida

proprio nel bel mezzo del conteggio dei suoi tesori.

– Padre! Padre! – gridava tirandolo per un braccio. – Vieni a giocare con me in giardino?

– Mi dispiace, principessina mia, – disse il re. – Ora non posso. Devo finire di contare tutto il mio oro. Un calice d'oro, due coppe d'oro...

Sapete, re Mida era molto avido: voleva avere piú oro di qualsiasi altro re al mondo!

Quando alla fine ebbe contato tutto l'oro e lo ebbe riposto di nuovo al sicuro, il re si diresse

verso il giardino in cerca della figlia, pensando ancora a come accumulare altro oro.

– Oro, oro, ho bisogno di altro oro, – borbottava fra sé e sé.

Proprio allora incontrò un satiro, una strana creatura mezza uomo e mezza capro.

– Posso prendere un'arancia da uno dei tuoi alberi? – chiese il satiro.

– Prendine quante ne vuoi, – disse re Mida, che stava ancora pensando al suo oro.

Il satiro si serví, prendendo qualche frutto.

– Meriti una ricompensa per la tua gentilezza, – disse poi. – Chiedimi ciò che desideri di piú e io ti esaudirò.

– Mmm, – rifletté re Mida, – cos'è che voglio piú di ogni altra cosa?

C'erano tantissime cose che avrebbe potuto chiedere. Un pony per la sua principessina. Un buon raccolto per i suoi contadini. La pace per il suo popolo. Ma alla fine si decise.

– Voglio che tutto ciò che tocco si trasformi in oro, – disse con un gran sorriso sulla faccia.

– Sei sicuro? – domandò il satiro.

– Sí, sí, sí! – gli assicurò Mida. – Almeno cosí avrò piú oro di qualunque altro re!

– Molto bene, – disse il satiro mentre si allontanava trotterellando e masticando un'arancia. – Il tuo desiderio è stato esaudito.

Re Mida guardò gli alberi e i fiori intorno a sé.

«Davvero posso cambiare ogni cosa in oro

soltanto toccandola?» si domandò.

Colse un fiore e... sí! Quello diventò d'oro massiccio. Toccò una chiocciola sul guscio, e anche quella si trasformò in oro!

Il re corse dentro la reggia.

Toccò ciotole e bacinelle. Fece scorrere le dita su tende e cuscini: oro! oro! oro! Tutto diventava oro all'istante.

Re Mida non riusciva a crederci. Chiamò i suoi servitori.

– Portatemi del cibo, – ordinò, – e il miglior vino che c'è in cantina. Voglio festeggiare!

Rapidamente i servitori apparecchiarono la tavola e versarono al re un calice di vino.

Re Mida se lo portò alle labbra, ma... oro! Il vino si mutò in oro massiccio nel momento stesso in cui toccò le sue labbra.

– Carne, – ruggí, mettendo giú il calice. Un

servitore gli porse un piatto di pernici cotte nel miele, ma... oro!

Re Mida le buttò per terra.

– Che cosa ho fatto? – singhiozzò sconsolato. – Non riuscirò mai piú a mangiare né a bere. Morirò di fame.

Proprio allora la sua principessina arrivò correndo dal giardino.

Stava per gettarsi fra le braccia di suo padre, quando...

– FERMATI! Non toccarmi! – gridò re Mida.

La principessa si fece triste.

– Papà, perché no? Che cosa ho fatto?

– Oh, principessina mia, tu non hai fatto proprio niente, – pianse il re. – Sono io. Io sono maledetto: ogni cosa che tocco diventa oro.

La principessina non riusciva a capire.

– Ma tu ami l'oro, padre. Che cosa ci può essere di meglio per te?

Re Mida scosse la testa sconsolato. – Non si può bere, né mangiare, principessa. Non si può abbracciare. Come farò?

– Forse, se riusciamo a trovare la persona che ti ha fatto questo maleficio, – disse la principessa, – magari può togliertelo di nuovo.

– Giusto! – disse re Mida e si precipitò subito

fuori dalla reggia, lasciandosi dietro una scia di impronte dorate.

Quando raggiunse il satiro, cadde in ginocchio davanti a lui.

– Per favore, riprenditi il tuo dono, – implorò. – Io non lo voglio piú.

– Vuoi dire che non vuoi che tutto quel che tocchi diventi oro? – chiese il satiro.

– No, – disse re Mida, chinando la testa per la vergogna.

– Mmm, – fece il satiro pensieroso. – Credo che tu abbia imparato la lezione. Vai a lavarti nel fiume. Questo ti guarirà dalla tua malattia.

Il re corse al fiume piú forte che poteva; si tolse gli abiti e s'immerse nell'acqua. Sotto i suoi piedi la sabbia si mutò in oro.

Re Mida si strofinò ripetutamente le mani, poi afferrò una conchiglia, la tenne stretta e... quella rimase una conchiglia, una normalissima

conchiglia. Il tocco magico era sgorgato fuori da lui e il fiume se l'era portato via.

– Siano ringraziati gli Dei, – sussurrò re Mida.

Lasciò la conchiglia e con le mani si portò l'acqua alle labbra asciutte.

Com'era buona!

Re Mida bevve e bevve. Poi si rimise gli abiti e tornò in fretta alla reggia, dove dette alla figlioletta l'abbraccio piú forte che le avesse mai dato.

– Vedi, principessina mia, – disse il re, felice. – Ci sono cose molto piú preziose dell'oro!

LA DONNA RAGNO

Storia di Aracne

C'era una volta una fanciulla che si chiamava Aracne e sapeva tessere certi arazzi bellissimi. Era davvero molto brava! L'unico problema era che non poteva fare a meno di vantarsene.

Quando la gente diceva: «Aracne, i tuoi arazzi sono i piú belli del paese», Aracne rispondeva: «Come vi permettete? Vorrete dire che sono gli arazzi piú belli del mondo!».

E quando la gente diceva: «Sai lavorare cosí bene, Aracne. È stata forse la dea Atena a insegnarti a tessere?», Aracne rispondeva: «Ho imparato da sola a tessere, senza l'aiuto di nessuno, grazie tante!».

Aracne era cosí vanitosa che arrivava a pensare di essere migliore degli stessi Dei!

Una volta, un tardo pomeriggio in cui Aracne era seduta fuori a lavorare, una folla di gente le si assiepò intorno.

– Mi domando che cosa farà, quest'oggi, – disse un uomo.

Aracne sorrise. Le piaceva essere al centro dell'attenzione e subito cominciò a tessere insieme

i fili dai colori lucenti. Dopo poco teneva fra le mani un altro arazzo stupendo.

La folla era senza fiato, attonita: non aveva mai visto nulla di altrettanto stupefacente.

– Allora è proprio vero, – esclamò la moglie di un contadino, – ti ha insegnato Atena a tessere!

Il sorriso scomparve dal viso di Aracne, e al suo posto apparve un cipiglio arrabbiato. – Volete smetterla di dire cosí? – gridò. – Quante volte ve lo devo ripetere? Non è stata Atena a insegnarmi a tessere. Lei non saprebbe mai fare degli arazzi belli come questo. I miei sono i migliori, di gran lunga!

Proprio allora una vecchia vestita di stracci si fece strada attraverso la folla.

– Stai forse dicendo che sei una tessitrice migliore della stessa Atena? – domandò.

– Sí! – disse sicura Aracne. – Ora andatevene! E

se qualcuno vede Atena, le dica che la sfido a competere con me.

– Molto bene, – replicò seccamente la vecchia. – Che la competizione abbia inizio.

Cominciò a recitare un incantesimo e, in un istante, i suoi capelli passarono da un grigio spento a un oro abbagliante e lucente. Le rughe le scomparvero dal viso. La folla indietreggiò.

– Non può es-es-sere... – balbettò un contadino. E invece... Di fronte a loro c'era proprio la grande dea Atena, in persona!

– Che vinca la tessitrice migliore, – disse Atena e, scelti alcuni fili dai colori lucenti, cominciò a tessere.

– Io sarò la migliore! – disse Aracne, e anche lei prese i suoi fili dai colori lucenti.

In un batter d'occhio la competizione ebbe termine. Atena sollevò il suo arazzo perché la folla potesse vederlo. Era davvero bello, con nuvole d'argento, stelle cadenti e colline al chiaro di luna.

– Da togliere il fiato! – disse una vecchiettina.

– Meraviglioso! – disse la moglie del contadino.

– Stupefacente! – concordò un altro uomo.

Poi fu la volta di Aracne. Con un sorriso sul volto, sollevò il suo arazzo perché tutti i presenti potessero ammirarlo. La folla ammutolí. Era assolutamente evidente che il lavoro di Aracne era migliore di quello di Atena.

– Visto? Te l'avevo detto, – disse Aracne compiaciuta, – sono io la miglior tessitrice, di

gran lunga. Voi Dei pensate di essere speciali, e invece no!

La folla non poteva credere a quello che udiva: nessuno aveva mai insultato gli Dei in quel modo.

– Zitta, sciocca che non sei altro! – ringhiò Atena. – È vero, tu sei la tessitrice migliore, ma non hai rispetto per nessuno. Hai bisogno di una lezione. D'ora in poi tesserai soltanto al buio. Nessuno ammirerà la tua opera, anzi, la spazzeranno via appena la vedranno.

Mentre Atena si faceva una sonora risata, Aracne sentí un dolore terribile attraversarle il corpo.

– Che mi succede? – gridò. Sembrava che tutti, intorno a lei, diventassero sempre piú grandi. Allora capí. Non era la gente intorno che diventava piú grande, era lei che diventava piú piccola, molto piú piccola!

Ora Atena rideva cosí forte che Aracne cercò di

tapparsi le orecchie... ma le sue mani erano sparite! Al loro posto aveva otto lunghe dita, ciascuna ricoperta di un folto pelo nero. Atena l'aveva trasformata in un ragno!

Aracne si nascose sotto il telaio, terrorizzata e sola. «Sarò capace di tessere ancora?» si domandava.

Quando si fece buio, si arrampicò rapida su una parete e cominciò a lavorare. Lavorò tutta la notte, tessendo con le sue otto dita pelose.

Era ancora brava nel suo lavoro e al mattino aveva filato una bella tela attraverso la finestra.

– Guarda che cosa ho fatto! – disse chiamando suo padre. Ma il padre non poteva sentire la sua voce sottile.

– C'è una ragnatela sulla finestra, – si lamentò lui con un domestico. – Toglila subito!

Aracne corse all'altro angolo e cominciò a filare una nuova tela. Ma per quanto ce la mettesse tutta, la gente non si fermò piú ad ammirare il suo lavoro. Mai piú.

Povera Aracne. Quanto si pentí di essere stata cosí arrogante con la grande dea Atena!

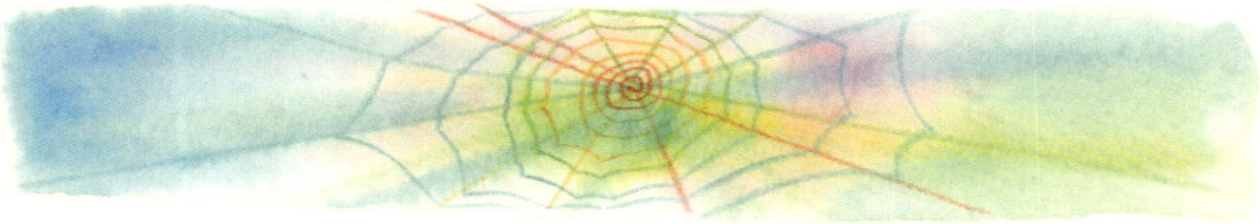

IL MOSTRO MANGIATORE DI UOMINI

Storia di Teseo e del Minotauro

Non c'era sovrano piú malvagio di Minosse, re di Creta: tutti avevano paura di lui. Aveva costruito un enorme labirinto di corridoi sotterranei, sotto la sua reggia, e là dentro teneva un mostro immenso e spaventoso: il Minotauro, che era per metà uomo e per metà toro. Minosse nutriva quel mostro di esseri umani.

Ogni anno il re di Atene doveva mandare sette ragazzi e sette ragazze a Creta perché venissero dati in pasto al mostro. Era il solo modo di impedire che re Minosse facesse guerra ad Atene.

Il re di Atene aveva un figlio che si chiamava

Teseo ed era molto coraggioso, ma anche un po' sconsiderato.

Un giorno disse a suo padre: – Dobbiamo smettere di mandare i nostri giovani al re di Creta perché li dia in pasto al suo mostro. Andrò io a Creta e ucciderò la bestia.

– Vai dunque con la mia benedizione, – disse il re, e porse a Teseo una vela bianca. – Portala con te. Se ucciderai il Minotauro, issa questa vela sull'albero maestro della nave, cosí io saprò che state tornando a casa sani e salvi.

Quando arrivò a Creta, le guardie del re furono

ben contente di condurre Teseo all'entrata del labirinto. Laggiú gli tolsero la spada e lo lasciarono ad aspettare il mostro. Teseo fece un respiro profondo. Era coraggioso, ma non era proprio un drago quanto a intelligenza. Ora non aveva nemmeno la spada con sé. E poi, se anche fosse riuscito a uccidere il mostro, come avrebbe fatto a trovare la strada per uscire dal labirinto?

Proprio allora Teseo sentí una voce sussurrare il suo nome. «Mi sa che sto diventando matto, – si disse. – Nessuno entrerebbe qui dentro, con un mostro infuriato in libertà».

Ma poi la sentí di nuovo. Laggiú, proprio dietro di lui, c'era Arianna, una delle figlie di re Minosse. Lei gli porse una spada e un gomitolo di lana. Teseo le fu grato per la spada, ma che se ne faceva di un gomitolo di lana?

– Tu prendi il gomitolo, – gli disse Arianna, – e io terrò il capo del filo. Cosí si dipanerà via via che ti addentrerai nel labirinto, e quando vorrai tornare indietro, non dovrai fare altro che riavvolgerlo.

– Ma perché mi vuoi aiutare? – chiese Teseo.

– Non mi piace vivere qui, – disse Arianna.

– Speravo che mi avresti portato con te ad Atene. Potremmo sposarci.

A Teseo sembrò che fosse un buon accordo, cosí prese la spada, si agganciò il gomitolo sotto la cintura e si avviò nel labirinto buio e tortuoso.

– Buona fortuna! – gli gridò dietro Arianna.

Piano piano, procedendo a tastoni, Teseo si addentrò lungo i corridoi. Sapeva che il Minotauro era vicino, perché sentiva il suo respiro pesante. All'improvviso, un forte muggito lo fece sobbalzare. In fondo al corridoio un paio di occhi rossi, infuocati, stavano fissando proprio lui. Ma invece di sentirsi impaurito, Teseo pensò a tutte le persone che il mostro aveva divorato, e questo lo rese coraggioso e furente.

– Fatti avanti, – gridò, – vieni a prenderti la tua cena, bestia!

Il Minotauro ruggí, scosse le corna e partí di corsa verso di lui. Teseo aspettò finché non fu praticamente faccia a faccia con il mostro e poi, rapido, scartò di lato. Il Minotauro grugní furioso e si lanciò contro Teseo un'altra volta. Ma il giovane si muoveva molto piú agile e rapido del mostro.

Per tutta la notte i due si rincorsero per i meandri del labirinto. Alla fine il mostro cominciò a essere stanco. Il sudore gli colava dalla faccia dentro agli occhi rossi.

«Questa è la mia occasione!» si disse Teseo. Fece un balzo in avanti e affondò la spada dritta nel cuore del Minotauro. Il mostro mugghiò con il muggito piú forte che abbiate mai sentito e stramazzò a terra.

Rapidamente Teseo riavvolse la lana e trovò l'uscita del labirinto.

– Ben fatto! – esclamò Arianna. – Presto, seguimi.

Mio padre sarà furioso quando scoprirà che il Minotauro è morto! – Lo condusse attraverso un passaggio segreto fuori dalla reggia e poco dopo i due furono al sicuro, a bordo della nave di Teseo.

Sulla via del ritorno ad Atene si fermarono in un'isola, dove Teseo giocò ad Arianna un tiro mancino e ripartí senza di lei. Ormai aveva ucciso il Minotauro, e non aveva alcuna intenzione di sposare Arianna! Teseo ordinò quindi un festino per i suoi uomini. Durante i festeggiamenti la nave arrivò in vista di Atene, ma Teseo si dimenticò di sostituire la sua vecchia vela con quella bianca che gli aveva dato il padre.

Il re, scrutando da una rupe, vide la nave del figlio che ritornava con una vela nera e pensò: «Mio figlio è morto!». Folle di dolore, si gettò nel mare profondo.

Teseo ne fu affranto. Come avrebbe voluto essersi ricordato di issare la vela bianca! Ma era troppo tardi: suo padre era morto, se n'era andato per sempre!

Pochi giorni dopo Teseo fu incoronato nuovo re di Atene. – D'ora in poi, – promise al suo popolo, – non farò piú niente di avventato o di sconsiderato.

IL CAVALLO DI LEGNO

Storia di Odisseo a Troia

Tanto tanto tempo fa, c'era in Grecia una regina bellissima che si chiamava Elena. Avrebbe dovuto essere felice e contenta: il re suo marito era gentile e generoso, e lei viveva in una reggia sontuosa con le damigelle che la accudivano e la servivano. E invece si innamorò del bel Paride, un principe della città di Troia, e fuggí con lui.

Il re mandò un grande esercito a riprenderla. Al comando del prode Odisseo, i soldati assediarono la città di Troia, ma, per quanti tentativi facessero, non riuscivano a farla capitolare. Dopo nove lunghi anni di battaglie i soldati erano stanchi e volevano tornare a casa. Odisseo però volle provare almeno un'ultima volta a entrare nella città, ed escogitò un piano astuto.

Odisseo chiamò a raccolta i suoi generali. Lentamente srotolò un disegno e lo stese davanti a loro perché potessero vederlo bene.

– Sei diventato matto? – tuonò uno dei generali. – Un cavallo di legno con le ruote! Come potrà farci sconfiggere i troiani?

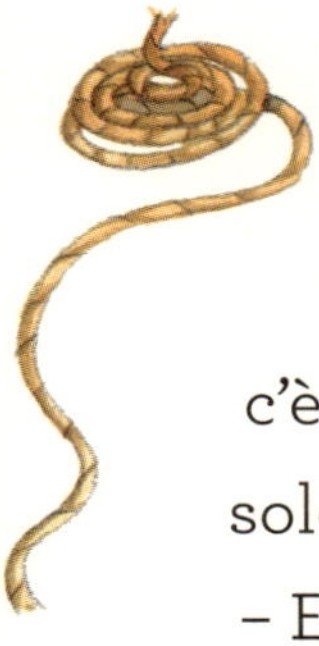

– Guarda bene, – disse Odisseo, – e vedrai che è un cavallo gigantesco ed è vuoto. Dentro c'è spazio sufficiente per almeno cinquanta soldati.

– E allora? – disse il generale.

Odisseo abbassò la voce.

– Questo è il piano, – sussurrò. – Io mi nasconderò all'interno del cavallo con i miei soldati migliori. Poi, quando i troiani, spinti dalla

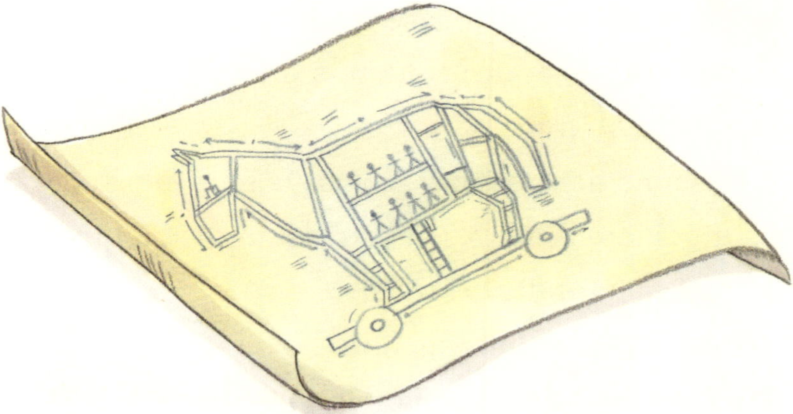

curiosità, porteranno il cavallo dentro la città, noi cattureremo la regina Elena.

– È un azzardo, – disse il generale.

Ma tutti gli altri sapevano che Odisseo era un grande soldato. I suoi piani di solito funzionavano.

– Vale la pena di tentare, credo, – disse il generale. – Cominciate a costruirlo dietro quella collina, in modo che i troiani non possano vedervi.

Dopo una settimana, il gigantesco cavallo era pronto. Odisseo scelse cinquanta soldati fra i piú valorosi e con loro si nascose dentro il cavallo. Poi, durante la notte, altri soldati lo trascinarono fino alle porte di Troia.

Nessuno dentro il cavallo osava muoversi, per paura di fare rumore. Per tutta la notte i cinquanta soldati se ne stettero seduti in assoluto silenzio. Alla fine Odisseo sentí un gallo cantare:

era mattina. Proprio là fuori poteva sentire i troiani che parlavano.

– Guardate! I greci se ne sono andati. Hanno rinunciato alla regina Elena e sono tornati a casa!

Poi qualcuno si accorse del cavallo.

– Hanno lasciato un cavallo di legno!

– Presto, portiamolo dentro la città, – gridò qualcuno. – Cosí potremo guardarcelo meglio.

– NO! – disse un altro. – Potrebbe essere un trucco. Buttiamolo giú dalla scogliera, in mare!

Odisseo e i suoi uomini trattennero il respiro e cercarono di mantenere la calma. Il cavallo di legno si scosse e cominciò a muoversi. I troiani lo stavano tirando, facendolo avanzare sulle ruote, ma per andare dove? Dentro la città o... giú dalla scogliera? Odisseo sapeva quanto fossero impauriti i suoi uomini. Avrebbe voluto poter dire loro qualcosa per farli sentire meglio, ma non osava, per paura che i troiani lo sentissero.

Alla fine il cavallo si fermò. Odisseo e i suoi uomini sentivano della musica e dei canti. I troiani stavano festeggiando la vittoria sui greci. Per ore si sentí risuonare il battito dei tamburi. Poi, gradualmente, il rumore cessò e tutto divenne quieto.

– Siamo dentro la città o in cima alla scogliera? – sussurrò uno dei soldati.

– Dentro la città, credo, – rispose Odisseo sottovoce, aprendo piano piano il portello della botola e sbirciando fuori. Vide alcuni giovani distesi sul suolo lastricato, profondamente addormentati, con in mano delle coppe di vino.

– Sí, direi proprio che siamo dentro la città, – disse. – Seguitemi! – Uno per uno, i soldati scesero a terra attraverso una scala.

Seguirono Odisseo per le strade strette della

città. Qua e là c'erano uomini che russavano, sdraiati sulle soglie delle case. I troiani avevano festeggiato fino a crollare per la stanchezza.

– Dove stiamo andando? – domandò uno dei soldati.

– Dobbiamo aprire le porte della città e far entrare il resto del nostro esercito, – rispose Odisseo.

Senza far rumore procedettero percorrendo le viuzze, tenendo le mani salde sulle spade. A un tratto svoltarono un angolo e udirono un forte

rumore. I soldati indietreggiarono, i loro cuori battevano all'impazzata... ma era soltanto un cane che mangiava gli avanzi del banchetto.

Odisseo e i suoi uomini si affrettarono in silenzio verso le porte della città.

In lontananza si vedeva un soldato troiano che era ancora di guardia.

– Come faremo a passare oltre? – domandò uno degli uomini a Odisseo. Ma quando arrivarono piú vicino, si accorsero che il soldato si era addormentato nella sua postazione. Odisseo fece segno ai suoi uomini ed essi tirarono indietro l'enorme spranga di legno che teneva chiuse le porte, facendola stridere. Il rumore fu molto forte. La guardia cominciò a stiracchiarsi. I soldati si guardarono l'un l'altro: si stava forse svegliando? Ma no, la guardia si limitò a rigirarsi e continuò a russare.

Lentamente le grandi porte di Troia si aprirono, ruotando sui cardini. Migliaia di soldati greci si riversarono dentro la città. Avevano preso Troia, finalmente.

La regina Elena fu riportata in Grecia. Con il tempo il re la perdonò per essere fuggita, e Odisseo fu ricordato per sempre come un eroe.

IL RAGAZZO CHE VOLÒ TROPPO VICINO AL SOLE

Storia di Icaro

Molto tempo fa, sulla lontana isola di Creta, viveva un ragazzo che si chiamava Icaro.

Suo padre Dedalo era un grande inventore che aveva costruito ogni genere di cose ingegnose, come vacche di legno che muggivano e spade che combattevano da sole. Ma Dedalo lavorava soltanto per il malvagio re Minosse, il sovrano di Creta.

Icaro e Dedalo vivevano in grande agiatezza nella reggia. Bastava che schioccassero le dita perché i servitori portassero loro tutto ciò che volevano. Ma non potevano lasciare il palazzo: erano prigionieri del re.

Icaro non aveva niente da fare. Spesso si metteva alla finestra a guardare il mare azzurro e scintillante, e le piccole barche che entravano e uscivano dal porto. Quanto desiderava poter lasciare Creta e andare per il mondo!

Un giorno il sogno di Icaro si avverò. Suo padre gli disse: – Dobbiamo andarcene da Creta. Il re

vuole che costruisca per lui delle macchine da guerra, e io non voglio farlo.

– Ma come facciamo a uscire? – domandò Icaro. – Il re ha messo una guardia a ogni porta.

– Voleremo via dall'isola, – disse Dedalo.

Icaro non poteva credere alle sue orecchie. Sapeva che il padre aveva fatto delle cose straordinarie e bellissime, a suo tempo; ma delle ali? Davvero poteva fare delle ali che funzionassero?

– Che ne pensi? – domandò Dedalo il giorno dopo, aprendo la porta del suo laboratorio. Icaro rimase esterrefatto: c'erano due paia di ali gigantesche ripiegate sul tavolo. Sembravano ali d'uccello, ma erano fatte di cera e di piume.

– Belle, vero? – disse Dedalo orgoglioso. – E stanotte ce ne andremo.

– Stanotte? – disse Icaro quasi senza fiato.

– Sí! – rispose suo padre. – Prima si parte, meglio è!

Cosí quella notte Icaro seguí il padre sul tetto della reggia e Dedalo allacciò le ali alle braccia del figlio.

– Andrò io per primo, – disse, mentre stringeva le cinghie del suo paio di ali. – Tutto ciò che devi fare è muovere le braccia. Il vento leggero ti porterà. Non volare troppo vicino al mare, o gli schizzi delle onde bagneranno le piume e renderanno le ali troppo pesanti. Ma non volare nemmeno troppo vicino al sole, o il calore scioglierà la cera e tu precipiterai in mare.

Icaro tremava tutto. E se le ali non funzionavano? E se cadeva a capofitto nel mare? Guardò

suo padre prendere la rincorsa e saltare dal tetto a braccia spalancate: subito il vento lo prese e lo sollevò alto nell'aria.

– Spicciati, figliolo! – gridò Dedalo.

Icaro si sentiva le gambe come di gelatina, ma fece un gran respiro e saltò dal tetto.

Per un attimo ebbe la paurosa sensazione di stare precipitando. Poi si sentí librare. Aprí gli occhi e... sotto di lui c'era il mare, luccicante al chiaro di luna.

Icaro lanciò un grido di gioia. Oh, se le guardie della reggia avessero potuto vederlo planare e librarsi sotto la luna!

– Guardami! – gridò al padre, e fece una capriola nell'aria.

– Stai attento! – gli urlò Dedalo. – Abbiamo ancora tanta strada da fare.

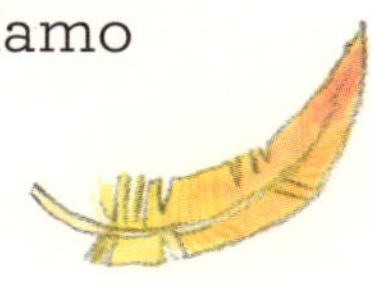

Icaro sospirò.

– Icaro, cerca di tenerti alto! – gli gridò suo padre.

– Arrivo! – gli rispose Icaro.

Ma quando si fece giorno e il sole cominciò a risplendere alto nel cielo, volle provare qualcosa di eccitante. Poteva volare piú in alto delle aquile?, si domandò.

Icaro si slanciò su, verso il sole. Volava sempre piú alto, sbattendo le ali.

– Uauuuu! – gridò mentre volava sempre piú veloce e sempre piú vicino al sole. Icaro rideva e scalciava, inebriato. Gli sembrava di essere il re del mondo!

A un certo punto si accorse che una piuma passava fluttuando accanto alla sua faccia. Icaro era sconcertato: una piuma cosí in alto nel cielo? Piú in alto di dove qualunque uccello possa mai volare? Guardò le sue ali e all'improvviso si ricordò quello che gli aveva detto suo padre. Il sole gli stava sciogliendo le ali. Icaro doveva allontanarsi da lí, e alla svelta! Sbatté le ali piú forte che poté, ma altre piume si staccarono e fluttuarono via. La cera colava dall'intelaiatura di legno e Icaro sentí che stava cadendo giú, giú, giú, sempre piú giú, finché...

SPLASH!

Quando Dedalo si rese conto di quello che era successo, era già troppo tardi!

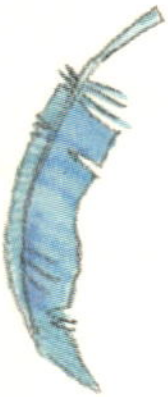

Tutto ciò che restava di Icaro era qualche piuma che galleggiava sul mare.

Povero Dedalo! Volò fino a raggiungere l'isola della Sicilia, dove ripose le sue ali e visse solo e triste per il resto della vita. E tutto perché Icaro era stato cosí stupido!

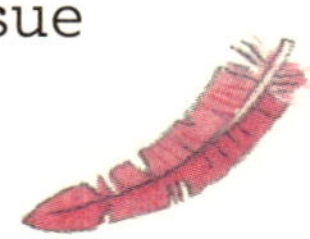

«PORTAMI LA TESTA DI MEDUSA!»

Storia di Perseo

C'era una volta un giovane, di nome Perseo, che aveva una madre bellissima. Il padre era morto quando Perseo era molto piccolo, e ora lui e sua madre erano soli al mondo.

Il malvagio re di quel paese voleva a tutti i costi sposare la madre di Perseo. Ma ogni volta che glielo chiedeva, lei rispondeva di no. Non le piaceva la sua faccia corrucciata e maligna.

Perseo faceva di tutto per proteggere la madre dalla collera del re, perciò il re malvagio cominciò a pensare a come sbarazzarsi di lui.

Un giorno il re chiamò Perseo a corte e gli disse: – Lascerò in pace tua madre, ma soltanto a una condizione.

– Qual è questa condizione? – chiese Perseo.

Il re sogghignò.

– Portami su un piatto la testa della mostruosa Medusa!

– Il tuo desiderio è un ordine! – disse Perseo, cercando di non tremare, e se ne andò sbattendo i piedi per terra.

Medusa e le sue sorelle erano dei mostri spaventosi chiamati Gorgoni. Al posto dei capelli avevano serpenti che spuntavano ovunque sulle loro teste. Chiunque guardava la faccia di Medusa veniva immediatamente tramutato in pietra!

Perseo era coraggioso, ma non era stupido. Sapeva che per sconfiggerla aveva bisogno di aiuto, perciò andò a far visita a un saggio.

– Come posso aiutarti, Perseo? – gli domandò il saggio.

– Ho promesso al re malvagio di portargli la testa di Medusa su un piatto, – rispose Perseo.

– Sei un ragazzino scriteriato! – disse il saggio, incredulo.

– Aiutami, ti prego! – lo implorò Perseo.

Il saggio diede a Perseo uno scudo, tanto lucente che Perseo poteva vedervi riflessa la propria immagine.

– Quando starai per uccidere la Gorgone, – disse poi, – non guardarla direttamente, ma usa questo come specchio.

Poi dette a Perseo una spada con una lama di cristallo per tagliare la testa di Medusa.

– Grazie! – esclamò Perseo e si voltò per andarsene, ma...

– Non avere fretta! – lo richiamò il saggio. – Sappi che Medusa è un mostro pericolosissimo e queste armi da sole non bastano. Hai bisogno anche di un elmo che ti renda invisibile, di un paio di sandali alati per poter volare, e di una borsa d'argento per metterci la testa di Medusa.

– Ma dove li vado a trovare? – domandò Perseo.

– Devi recarti dalle tre streghe che vivono in una baracca alle falde del monte Atlante. Loro hanno soltanto un occhio fra tutte, per cui non dovrebbe esserti difficile strisciare furtivamente fino a loro.

Perseo ringraziò l'amico un'altra volta e si mise in viaggio per recarsi dalle tre streghe.

– Sento dei passi, – disse una delle streghe mentre Perseo si avvicinava alla baracca.

Sua sorella prese l'occhio.

– Io non vedo niente, – disse.

– Fammi dare un'occhiata, – mugolò l'altra sorella. Ma proprio mentre la seconda strega le porgeva l'occhio, Perseo fece un balzo e glielo strappò di mano.

– Non c'è bisogno di strapparlo cosí! – gridò la strega, pensando che fosse stata sua sorella.

– Non sono stata io! – disse la prima strega.

– Allora chi è stato? – gridarono insieme le tre streghe.

– Io! – esclamò baldanzoso Perseo. – E ve lo restituirò solo se mi darete ciò che voglio.

– Be', che cos'è che vuoi? – chiesero tutte e tre insieme, mostrando in un ghigno i denti spezzati.

– Dei sandali alati, un elmo magico e una borsa d'argento. So che li avete qui dentro, da qualche parte, – rispose Perseo.

Le streghe sapevano di non avere scelta. A tastoni cercarono dentro la baracca e trovarono quel che Perseo voleva. Ora il giovane eroe aveva tutto ciò che gli serviva per uccidere Medusa. Restituí l'occhio alle streghe e si diresse alla tana delle Gorgoni.

Mentre i sandali alati lo portavano attraverso il cielo, Perseo si sentiva battere il cuore fortissimo. Sapeva che doveva essere coraggioso, se voleva salvare sua madre dal re malvagio.

Si mise l'elmo per rendersi invisibile, strinse i denti e s'infilò nella spelonca. Non aveva mai visto una scena cosí agghiacciante: i serpenti della testa di Medusa emettevano sibili fortissimi. Le sue sorelle gemevano rumorosamente, una da un lato e una dall'altro.

Perseo sapeva di non avere tempo da perdere. Prese la spada di cristallo e si lanciò verso Medusa. Lei lo sentí arrivare e si guardò intorno. I serpenti sibilarono sempre piú forte e le sorelle urlarono di terrore.

Com'era potuto entrare qualcuno nella caverna, senza che loro se ne accorgessero?

Perseo afferrò una manciata di serpenti e, stando ben attento a non guardare in faccia Medusa, sollevò la spada. Con un colpo netto fece volare la testa di Medusa via dal collo. Rapidamente la mise nella borsa d'argento e si librò alto nell'aria.

Le sorelle di Medusa lo inseguirono. Ancora non riuscivano a vederlo, ma seguivano l'odore del sangue di Medusa.

Perseo le sentí strillare e gemere dietro di sé. «Ha! – pensò. – Non mi prenderanno mai, con questi sandali alati!» E dopo poco si era lasciato le sorelle di Medusa ben lontane alle spalle.

Appena arrivato a casa, Perseo andò subito dal re malvagio.

Il re fu molto sorpreso di vederlo ancora vivo e vegeto.

– Mi hai portato quello che volevo? – domandò

ridendo fra sé. – Ah! Certamente no. Ora io sposerò tua madre, finalmente.

– Fermo là, – gridò Perseo e, con un gesto repentino, estrasse la testa di Medusa dalla borsa d'argento in modo che il re crudele la guardasse.

– Ti piace? – domandò.

Ma naturalmente il re non poteva rispondere. Aveva guardato la faccia di Medusa ed era stato immediatamente trasformato in pietra!

IL MAGICO
CAVALLO ALATO
Storia di Pegaso

Che mostro orribile era la Chimera! Aveva la testa di leone, il corpo di caprone e la coda di serpente. Ogni volta che apriva la bocca, ne uscivano lunghe fiamme che bruciavano tutto quello che trovavano. Non c'è da stupirsi se tutti quanti, in quei posti, ne avevano paura.

– Devo fare qualcosa perché quell'essere smetta di terrorizzare il mio popolo, – disse il re.

Ma chi sarebbe stato tanto coraggioso da uccidere una bestia cosí pericolosa?

Il re pensò e pensò. – Aha! Ci sono! – disse infine. – Portatemi Bellerofonte!

Bellerofonte era l'uomo piú valoroso che ci fosse nel paese, ma anche lui cominciò a tremare quando sentí quel che il re gli chiedeva.

– Come potrei ammazzare il mostro con le mie sole forze? – domandò.

– Non lo so, – rispose il re irritato, – e non me ne importa. Fallo e basta!

– Il solo modo in cui si può uccidere la Chimera è con la magia! – disse Bellerofonte.

E cosí andò a trovare un mago saggio.

– Ah, – disse il mago saggio. – La Chimera è davvero una creatura molto pericolosa. Nessuno che abbia cercato di ucciderla è mai vissuto abbastanza per raccontarlo. L'unica possibilità sarebbe avvicinarsi al mostro dall'alto.

– Se soltanto sapessi volare! – sospirò Bellerofonte.

Il mago lo guardò pensieroso. – Tu non hai ali, – disse, – ma io posso aiutarti.

– E come? – domandò Bellerofonte.

Il mago prese una briglia d'oro da un armadio.

– Sulle colline vive un cavallo alato di nome Pegaso. È selvaggio e pericoloso, ma se gli metti al collo questa briglia magica potrai cavalcare sul suo dorso.

– E poi potrei piombare addosso alla Chimera e ucciderla con la mia lancia! – esclamò Bellerofonte.

Si mise la briglia sulla spalla e si diresse a grandi passi verso le colline.

Lungo la strada si fermò in un villaggio per chiedere dove potesse trovare Pegaso.

– Pegaso? Che cos'è? – domandò un uomo.

– Un cavallo alato! – disse un altro.

– Sei matto?

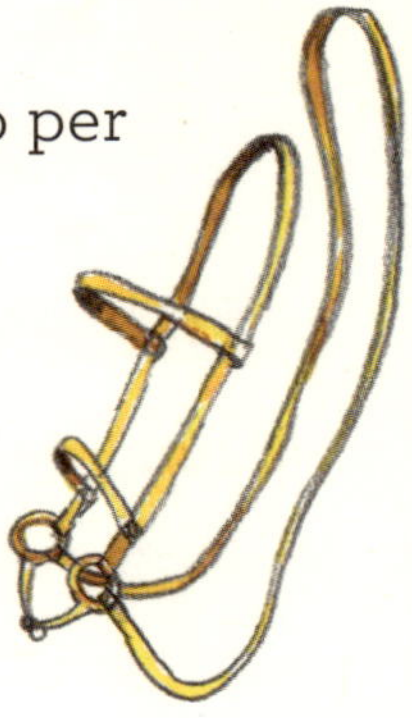

Ma un ragazzino gli disse: – Ogni notte, quando la luna risplende lucente, Pegaso scende a bere a una fonte che si trova sulle colline.

– È vero! – disse una ragazzina. – Si posa a terra

per pochi secondi e poi vola via, di nuovo nell'aria, sbattendo le sue grandissime ali!

Bellerofonte trovò la fonte di cui gli avevano parlato i bambini e si nascose dietro un cespuglio.

Aspettò e aspettò e aspettò, ma di Pegaso non c'era traccia.

Poi sentí uno sbattere d'ali. Il cuore gli batté forte: che fosse Pegaso? Ma no, era solo un'aquila!

Ben presto Bellerofonte cominciò a sentirsi sempre piú assonnato, finché si addormentò profondamente. Al mattino fu risvegliato dallo schiamazzo dei bambini.

– Guarda! – gridavano. – Pegaso è stato qui!

Bellerofonte guardò le impronte nel fango. Era vero: Pegaso era stato lí.

Quella notte Bellerofonte partí senza cenare, in modo che la fame lo tenesse sveglio.

Ancora una volta aspettò e aspettò. Subito dopo la mezzanotte, sentí uno sbattere d'ali e uno

scalpitio di zoccoli. Sbirciò da dietro il cespuglio e il cuore gli si fermò. Di fronte a lui c'era un meraviglioso cavallo bianco, con la criniera d'argento e due immense ali candide: Pegaso!

Piano piano Bellerofonte scivolò fuori da dietro il cespuglio, tenendo fra le mani la briglia magica. Pegaso drizzò le orecchie e si guardò intorno. Aveva forse sentito Bellerofonte?

Strisciando furtivo, il giovane si fece sempre piú vicino. Quando si trovò proprio dietro al cavallo, si alzò e gli gettò la briglia magica intorno al collo. Pegaso s'impennò e raspò il terreno, ma non serví a niente.

Ben presto la briglia magica sortí il suo effetto. Pegaso si calmò e Bellerofonte gli saltò in groppa. Mentre spiccavano il volo verso l'alto, nell'aria, Bellerofonte lanciò un urlo di gioia.

Non ci volle molto per trovare la tana della Chimera, ma il mostro li aveva sentiti arrivare.

Saltò fuori dalla sua caverna ululando e lanciando dalle bocche fiamme vive e ardenti. Pegaso volò subito via, nitrendo forte.

Bellerofonte non aveva mai visto una creatura cosí orribile. Era evidente che non sarebbe mai riuscito a ucciderla soltanto con la lancia. Rifletté intensamente. Ci doveva essere un altro modo. Proprio allora vide una miniera di piombo vicino alla tana della Chimera.

– Trovato! – gridò.

Tirò le redini di Pegaso e il cavallo scese elegantemente a terra.

Bellerofonte prese rapido un pesante pezzo di piombo. Poi tirò di nuovo le redini e il cavallo s'innalzò ancora nel cielo.

– Ora stai fermo, – disse Bellerofonte a Pegaso, mentre fissava il pezzo di piombo sulla cima della sua lancia.

Guardò in basso verso la Chimera, che andava su e giú davanti alla sua caverna buia.

– ORA! – gridò Bellerofonte con quanto fiato aveva in corpo.

Pegaso scese a tutta velocità verso la Chimera, scartando e chinandosi di colpo per schivare le fiamme ardenti. Bellerofonte scagliò la sua lancia dritta nella bocca infuocata del mostro. Di colpo, la Chimera strabuzzò gli occhi. Il piombo si era fuso nella sua gola e la stava avvelenando. Il mostro cadde per terra, finalmente morto.

Bellerofonte e Pegaso ripresero il volo, trionfanti, verso il sole. Ora tutta la gente del paese avrebbe potuto vivere in pace e senza paura, per il resto della vita.

IL RAGAZZO E IL DELFINO

Storia di Arione

C'era una volta un grande poeta che si chiamava Arione. Era un giovane timido e niente gli piaceva di piú che starsene a casa a scrivere le sue poesie e a suonare dolci musiche sulla sua arpa. Eppure, tutti sapevano che era il piú grande poeta del mondo. Re ricchissimi lo coprivano di doni e volevano che scrivesse poemi speciali appositamente per loro.

Dopo una visita a un paese lontano, dove aveva composto opere poetiche per il re, Arione stava tornandosene a casa a bordo di una piccola nave. Gli era stato donato un grande scrigno con un tesoro. Dentro c'erano gioielli e diamanti, perle e opali, e una corona d'oro tempestata di rubini. Che mai se ne sarebbe fatto di tutto ciò?

Felice all'idea di tornare alla vita pacifica di casa sua, durante il viaggio Arione tirò fuori la sua arpa e cominciò a suonare una canzone lieta. I marinai fecero capannello fra loro, bisbigliando pian piano.

– Rubiamogli il tesoro e gettiamolo in mare, – suggerí uno.

– Ma che cosa diremo al nostro re? – domandò un altro.

– Potremmo dire che è rimasto indietro, – disse il

capitano, – che non ha saputo rifiutare l’offerta di restare in quella magnifica reggia.

– Sí! – dissero i marinai tutti insieme, con gli occhi luccicanti di avidità.

Piano piano si radunarono intorno ad Arione. Il poeta alzò gli occhi dalla sua arpa.

– Volete ascoltare un’altra canzone? – domandò ingenuamente, quando all’improvviso il capitano tirò fuori un coltello.

– Un’altra canzone? – ridacchiò quello. – No, quello che vogliamo davvero è il tuo tesoro!

Arione guardò i marinai, uno dopo l’altro.

– Vi prego, – implorò, – non mi uccidete. Potete prendervi il mio tesoro. Io non lo voglio. Prendetevi tutto!

– Non ti aspetterai che ti crediamo? – rise il capitano, facendosi piú vicino e puntando il coltello alla gola di Arione. – Ci denunceresti al re non appena arrivati a casa. No, dobbiamo darti in pasto agli squali!

Arione tremò di paura. – Almeno lasciatemi cantare un'ultima canzone, prima di buttarmi in mare, – implorò.

– D'accordo, – accettò il capitano. – Ma sbrigati!

Arione riprese a suonare e, mentre suonava, i delfini e i gabbiani si radunarono intorno alla nave per ascoltare quella canzone bellissima.

– Coraggio! – disse il capitano ai suoi compari. – Facciamola finita e non pensiamoci piú –. Afferrò Arione e lo buttò giú dal ponte.

– Aaaaagh! AIUTO! – gridò Arione quando toccò le onde fragorose. Annaspò con le braccia, cercando di restare a galla, ma non serví a niente. Era lontano, in mezzo al mare, e non sapeva nuotare.

«Affogherò di certo», si disse. Proprio allora qualcosa premette delicatamente contro la sua

arpa e lo sollevò fuori dall'acqua. Arione guardò sotto e si accorse di essere seduto sul dorso di un delfino. Era stato salvato!

Felice, prese l'arpa e cominciò a suonare una canzone allegra, senza mai smettere fino a che il delfino l'ebbe portato per tutto il tratto di mare che lo separava da casa.

– Arione! – gridò il suo re. – Ben tornato a casa! Ma come sei arrivato fin qui? Dov'è la tua nave? Dove sono gli altri, i marinai?

Arione spiegò tutto quello che gli era capitato. Pochi giorni dopo, arrivò la sua nave.

– Guardate! – gridò uno dei marinai. – Il re è qui che ci aspetta per darci il benvenuto.

– Non essere sciocco, – mugugnò il capitano. – Il re è qui per vedere Arione. Niente panico, ragazzi. Se ci atteniamo alla nostra storia, andrà tutto bene.

Non appena i marinai furono al sicuro sulla terraferma, il re chiese loro dove fosse il famoso poeta. Si domandava se quei marinai avrebbero davvero mentito al loro re.

– Ha deciso di restare laggiú, – disse il capitano.

– Quando credete che tornerà a casa? – domandò il re, guardandoli dritto negli occhi.

I marinai si strinsero nelle spalle. – Chi lo sa? Forse resterà lí per sempre.

Nell'acqua, dietro di loro, un delfino emise un verso e sembrò quasi che stesse ridendo. I marinai si voltarono e, uno per uno, sbiancarono in viso come fantasmi. Alle loro spalle, in piedi, c'era Arione. Il capitano fu preso dal panico.

– Io non ho idea di come sia arrivato qui, – balbettò. – Noi l'abbiamo tanto supplicato di tornare insieme a noi, non è vero, ragazzi?

Tutti gli altri marinai annuirono concordi. Ma il re non era tipo da lasciarsi prendere in giro.

– Siete dei mentitori, – disse, – e sarete puniti –. Si girò verso le sue guardie e ordinò: – Portateli su un'isola deserta e abbandonateli là, da soli.

Le guardie portarono via i marinai.

Il delfino gentile che aveva salvato Arione fu accudito e protetto dalla popolazione del regno fino alla sua morte. Poi gli Dei trasformarono il delfino in un grappolo di stelle lucenti, perché

servisse da guida ai viaggiatori che tornavano a casa.

E quanto al tesoro... be', Arione lasciò che i marinai se lo prendessero. Ma che cosa potevano farsene di oro e gioielli su un'isola deserta? Ah, se soltanto non fossero stati così avidi!

IL FAVOLOSO
VELLO D'ORO
Storia di Giasone
e Medea

Nel lontanissimo regno della Colchide viveva una bella principessa di nome Medea, che possedeva speciali poteri magici e poteva trasformare gli stecchi in serpenti e le pietre in pane. Sapeva anche camminare sull'acqua.

Bisogna sapere che la Colchide era un regno molto piccolo e che viverci era abbastanza noioso. Medea, dunque, cominciò a pensare a come poteva fare per fuggire da suo padre, il re, e salpare per altri lidi, in cerca di una vita migliore.

Un giorno Medea vide entrare in porto una

strana nave. Il capitano era veramente bellissimo e Medea si affrettò a bere una pozione magica che la fece apparire ancora piú bella di quello che era. Quel capitano era Giasone, principe di Grecia, che aveva guidato la sua nave, l'Argo, e condotto i suoi arditi marinai, gli Argonauti, attraverso mille peripezie. Cercavano la Colchide, la terra del Vello d'Oro.

– Salve! – disse Giasone a Medea. – Siamo qui

per trovare il tesoro favoloso, il Vello d'Oro. Devo portarlo con me in Grecia. Solo allora il mio malvagio zio restituirà il trono a mio padre, che è il re legittimo.

La principessa Medea lo guardò sorridendo. Non poteva credere a tanta fortuna. Questa era la sua occasione per andarsene dalla Colchide! C'era soltanto un problema...

– Mio padre, il re, non vi lascerà mai portare via il Vello d'Oro, – disse a Giasone. – È convinto che da quello dipenda tutta la nostra buona sorte.

Giasone rise. – Ne abbiamo passate di tutti i colori per arrivare fin qui. Non ce ne andremo certo senza il Vello d'Oro.

– Allora devi permettermi di aiutarti, – sussurrò Medea, e portò Giasone dal re. – Padre, – disse, – quest'uomo valoroso è venuto a cercare il Vello d'Oro.

Il re non sembrava affatto preoccupato. Molti

uomini coraggiosi erano venuti per portar via il tesoro, ma erano tutti morti senza riuscirci.

– Molto bene, – disse il re. – Puoi prendere il Vello. Ma prima devi seminare questi semi nel campo che è dietro la mia reggia. Eccoli qui! – E lanciò a Giasone un sacchetto di pelle.

– Sta' attento, – lo mise in guardia Medea. – Quei semi sono in realtà denti di drago. Se spunta qualcosa dal terreno, quando li pianti, buttaci sopra un masso.

Giasone estrasse i denti di drago dal sacchetto e li sparse per il campo. All'improvviso il suolo cominciò a scuotersi. Mani scheletriche uscirono dalla terra e poco dopo Giasone si trovò circondato da un esercito di soldati ostili. Medea rabbrividí. Non si aspettava cosí tanti scheletri. Ce l'avrebbe fatta, Giasone, a salvarsi?

I soldati sollevarono le spade, pronti all'attacco. Giasone era coraggioso e impugnò la sua arma.

Si batteva bene, ma c'erano troppi scheletri: era circondato. Allora, ricordandosi dell'avvertimento di Medea, sgattaiolò fra le gambe dei soldati e corse dall'altra parte del campo. Prese un enorme masso e lo tirò dritto contro di loro. L'intero esercito si disperse e le ossa dei soldati caddero sul terreno.

Quando vide Giasone di ritorno alla reggia, il re si adombrò. Pensava che l'esercito degli scheletri lo avesse ucciso. Ora avrebbe dovuto lasciarlo provare a prendere il favoloso Vello d'Oro.

– Sei molto coraggioso, Giasone! – sussurrò Medea. – Ma il peggio deve ancora venire. A guardia del Vello d'Oro c'è un serpente terribile, che non dorme mai. Si può giocarlo solo con la magia.

– Mi aiuterai ancora? – chiese Giasone.

– Solo se mi prometti di portarmi via con te in Grecia, – disse la principessa.

– Farò tutto quello che mi chiedi, – promise Giasone.

La principessa Medea gli porse un fiore speciale.

– Quando il serpente ti attacca, mettigli questo sotto il naso, – disse.

Giasone si infilò il fiore delicatamente dietro l'orecchio.

Medea osservò Giasone e gli Argonauti mentre venivano condotti in un campo, dove, appeso ai rami di un albero, c'era il Vello d'Oro, con la lana lucente che brillava al sole.

– Che visione stupenda! – sospirò Giasone. Attorcigliato al tronco dell'albero, però, c'era il gigantesco serpente, che faceva schioccare la lingua dentro e fuori dalle fauci.

– Nessuno riuscirebbe a passare oltre quel mostro, – dissero gli Argonauti.

– Io devo provarci, – disse Giasone.

Porse la sua spada a Medea e lentamente

attraversò il campo. Strisciò furtivo fino ad arrivare sempre piú vicino al serpente. Ancora pochi passi e sarebbe stato alla sua portata micidiale.

Giasone si fermò. Con calma prese il fiore speciale di Medea e lo agitò sotto il naso del serpente. Il mostro inspirò quel profumo e, sopraffatto dalla magia del fiore, sbatté la testa per terra e cominciò a russare. Per la prima volta in vita sua, il serpente si era addormentato!

Cautamente Giasone scavalcò il suo corpo squamoso e afferrò il Vello d'Oro.

Quando lo videro riattraversare il campo di corsa con il Vello in mano, gli Argonauti esultarono. Tutti insieme tornarono in fretta al porto, con Giasone che teneva il Vello alto sopra la testa.

L'Argo salpò verso la Grecia, portando un felicissimo Giasone, con il suo favoloso tesoro, e un'ancor piú felice principessa Medea.

Il padre di lei mandò le sue navi all'inseguimento, ma l'astuta Medea usò le sue arti magiche per far salire una fitta nebbia e nascondere l'Argo. Finalmente la potente principessa era libera.

INDICE

Ai piedi dell'OLIMPO
miti GRECI

Einaudi Ragazzi

storie & rime

Pubblicazioni piú recenti

638 Stefano Bordiglioni, *Scuolaforesta*
640 Lia Tagliacozzo, *Il mistero della buccia d'arancia*
641 Eliana Canova, *Il bambino che inventò il cavallo*
642 Stefano Bordiglioni, *Piccole storie di grandi civiltà scomparse*
643 Roberta Mastruzzi, *Quanti pasticci, Ricottina!*
644 Dominique Demers, *SOS: nuova prof!*
645 Beatrice Masini, *Bambine!*
646 Stefano Bordiglioni, *Un attimo prima di dormire*
647 Fabrizio Altieri, *Tre amici e un cavallo*
648 Riccardo Davico, *Il mistero del faro*
649 Daniel Pennac, *Io e Kamo*
650 Véronique Beerli, *Belle, astute e coraggiose - Otto storie di eroine*
651 Eva Serena Pavan, *Prima media mai piú!*
652 Saviour Pirotta, *Il segno del ciclope - Un mistero dall'antica Grecia*
653 Febe Sillani, *Il libro dei mostri*
654 Sandro Franceschini, *Marvao e Bianca*
655 Antonio Ferrara, *Pusher*

656 Nicoletta Costa, *Streghe, streghine e stregatti*
657 Sophie Rigal-Goulard, *Quindici giorni senza rete*
658 David Conati, *Quando lo straniero sono io*
659 Vanna Cercenà, *Frida Kahlo*
660 Guido Sgardoli, *L'odissea di Argo*
661 Mino Milani, *Ulisse racconta*
662 Stefano Bordiglioni, *Polvere di stelle*
663 Christian Stocchi, *Favole dell'ABC – 70 storie per imparare l'italiano divertendosi*
664 Stefano Bordiglioni, *Il capitano e la sua nave – Diario di bordo di una quarta elementare*
665 Annamaria Piccione, *Per sempre Libero – La storia di Libero Grassi*
666 Fabrizio Altieri, *Grosso guaio alla casa di riposo*
667 Lorenza Cingoli, *Il segreto di Lucina*
668 Stefano Bordiglioni, *Le sette meraviglie del mondo*
669 Ingo Siegner, *Nocedicocco – Avventura in Africa*
670 Valeria Conti, *Cuori nel fango*
671 Dominique Demers, *Una bibliotecaria tutta matta*
672 G. Quarzo / A. Vivarelli, *La notte della Luna*
673 Ingo Siegner, *Nocedicocco – Magia sull'Isola dei Draghi*
674 Sabina Colloredo, *Miti greci*
675 Dominique Demers, *Magica, questa mister!*
676 Carlo Barbieri, *Dieci piccoli gialli*
677 Ingo Siegner, *Nocedicocco nell'antica Roma*
678 Ivan Sciapeconi, *Un dicembre rosso cuore*
679 Luca Azzolini, *La Grande Corsa*

Finito di stampare nel mese di settembre 2019
per conto delle Edizioni EL
presso OZGraf, Olsztyn, Polonia